藤川　幸之助

03 Mar. 2013

満月の夜、母を施設に置いて

中央法規

ある夜　海へ行くと
真っ暗な大海原の上に満月が上っていました
真っ暗な海の中で波は揺れ
月明かりがその揺れにあわせて
ちらりちらりと微《かす》かに光っては消え
消えては光っていました
この微かな光が幸せなのかもしれない
そしてこの真っ暗な大海原《おおうなばら》は
悲しみに例えるほど卑小《ひしょう》なものではなく
これこそが幸せを映し出す
人生そのものなんだと思ったのです
この人生の大海原の中に
微かな光も見逃さぬよう見つめる
するとそこにはきっと幸せはあるのだと
満月の下に広がる
真っ暗な大海原を見つめながら
認知症の母との幸せのことを考えたのです

もくじ

第一章 母が、

第二章
父と、

第三章
息子は、

装幀＊日下充典
本文デザイン＊KUSAKAHOUSE

第一章

母が、

おむつ

母が車の中でウンコをした
臭いが車に充満した
おむつから染み出て
車のシートにウンコが染み込んだ
急いでトイレを探し
男子トイレで
尻の始末をした
母を立たせたまま
おむつを代える
狭い便所の中で
母のスカートをおろす
まだ母は恥ずかしがる
「おとなしくしとかんとだめよ」
と言って

母のお尻をポンポンとたたいてみた
子どもの頃のお返しのようで
少し嬉しくなった

母のお尻についたウンコや
性器に詰まったウンコを
ティッシュで何度も何度も拭いてやる
かぶれないように拭いてやる
母が私のウンコを拭いてくれたように
私は母で
母は私で

母の死を私のものとして見つめる
私の死を母のものとして見つめてみる
母と一緒に死を見つめてみる
狭い棺桶《かんおけ》のような直方体の
白い便所の中で
鍵《かぎ》を開け母の手を引いて
便所から出る

そして
左手で母をつかまえたまま
私も便器に向かい
右の手で小便を済ませた

パチンコ

パチンコに連れて行くと
母は声を出して喜んだ
「もう止《や》めておけ　噂になるから」
父はそう言っていたが
「母さんパチンコ行くか？」
と言うと母は首を縦に振って
ニッコリと笑い　私の後に付いてきた
私の横に座り
チューリップに玉が入るごとに
ニッコリニッコリする母
その笑顔を見て
がぜん張り切る私

一つ一つの玉が

人生の一日一日のようにも思えた
チューリップに入るラッキーな〈一日〉もあれば
ただ出口の穴へめがけて
すとんと落ちるだけの〈一日〉もあって

＊

その日の台はさっぱりだった
消えていく玉を恨めしく見つめていたら
隣の席に座っているはずの母がいない
慌てて探すと
母は床に落ちたパチンコ玉を拾っていた
他人のパチンコ台の下に手を伸ばし
幸運になるのか
不運に終わるのかまだ分からないパチンコ玉を
一つ一つ夢中で無心に拾っていた
失った日々を一日一日
取り戻そうとでもするかのように拾っていた
「母さんみっともないぞ」
振り返った母は
両手に山盛りのパチンコ玉を

ニッコリと笑って私に差し出した
パチンコ屋の無駄に明るい照明に照らされて
母の手の中で
パチンコ玉が一つ一つ
落ちてきた流れ星のように光っていた

母の眼差《まなざ》し

母に朝会うときは
「おはようございます」と言う
昼に会うときは
「こんにちは」と言い
夜には
「こんばんは」と頭を下げ
寝るときには
「お休みなさい」を忘れない

正月には
「あけましておめでとうございます」
と正座して母に向かい
母は食事はしないけれど
母の箸《はし》を用意し
縁起の良さそうな袋に入れて

母の前に置く
母の雑煮《ぞうに》
母にお屠蘇《とそ》
何も分からないから
母に何もしないで良いとは思わない
何を言っても理解できないから
何を言っても許されるというものでもない

母が昔のままそのままの
認知症もどこにもない顔で
私を産み育てた母そのものの眼差《まなざ》しで
じっと私を見つめるときがある
残された者の良心を
母は試しているようにさえ
思えるときがある

パソコン

母が私のパソコンを触りたがった

このパソコンはなあ
いろんなソフトを入れたり
いろいろ手を加えていくと
中がぐちゃぐちゃになってきて
プログラムが
こんがらがってきて
動かなくなってしまうことがあるんよ
そんなときは
初期化《しょきか》と言って
全部消してしまって
また最初から
きれいな状態から

真っ白な状態から
始められるんよ
何のしがらみもない
何の病気もない
母さんの呆けなんてみんな
なくなって
また最初から始められるんよ
どこからやったんやろうな
こんなに狂ってしまったのは
ぼくも母さんも
今度はそこに来たら
もう間違わんのやけどなあ
と仕事をしながら母に言ったら
蠅《はえ》か何かが
顔に止まったのか
母が首を横に振った
お父さんのせいでも
お前のせいでも
私のせいでも
世間のせいでもないんだよと

母が首を横に振った

そうなるようになっていたんだ
このかっこわるい自分を頑張るしかないんだ
今の自分をやるしかないんだ
と三行
パソコンに書いて保存した

薬

母は可愛そうだという
子どもも育て上げ
今からゆっくりしようというときに
可愛そうだとみんながいう

いや母は今が一番幸せな気もする
本当の母がここにはいる
いつも周りを気にかけていた母
自分自身をすり減らして
本当の自分を押し殺して
母の体の中で
本当の母はいつも
小さく小さく小さくなって
息を潜めていた
心の襞《ひだ》の陰に隠れていた

本当の母の姿がここにはある
自分の思うままに生きる
天衣無縫《てんいむほう》の母がいる

父が用意した
病気を進まなくするだろう薬がある
病気が良くなるかもしれないという薬がある
その薬は
母にとって良いか悪いか
その薬を飲むとき
決まって母は
一瞬
いやな顔を見せる

誰のために生きているのか
母さん
おれのためだけに
生きているなら
もう大丈夫だ

扉《とびら》

母を老人ホームに入れた

認知症の老人たちの中で
静かに座って私を見つめる母が
涙の向こう側にぼんやり見えた
私が帰ろうとすると
何も分かるはずもない母が
私の手をぎゅっとつかんだ
そしてどこまでもどこまでも
私の後を付いてきた

私がホームから帰ってしまうと
私が出ていった重い扉《とびら》の前に
母はぴったりとくっついて
ずっとその扉を見つめているんだと聞いた

それでも
母を老人ホームに入れたまま
私は帰る
母にとっては重い重い扉を
私はひょいと開けて
また今日も帰る

手帳

母が決して誰にも見せなかった手帳が、今私の手のひらの上にあります。黒い背張りの古い装幀《そうてい》の手帳です。

それは、いつも母のバッグの底深く沈めてありました。寝るときは、枕元に置き、見張るように母は寝ました。その手帳には、父と兄と私の名前と誕生日、年齢、電話番号が、それぞれ見開きのページに大きく書いてあります。それらの後には、自分の兄弟姉妹や父の兄弟姉妹の名前が並べてびっしりと書いてあります。

そして、手帳の最後には、ふりがなを付けた自分自身の名前が、どの名前よりも大きく書いてあります。その名前には、上から何度も鉛筆でなぞった跡があります。母は、何度も何度も、自分の名前を覚え直しながら、これが本当に自分の名前なんだろうかと、薄れゆく自分の記憶にほとほといやになっていたに違いありません。母の名前の下には、鉛筆を拳《こぶし》で握って押しつけなければ付かないような小さな黒点が、二、三枚下の紙も凹ませるくらいくっきりと母の無念さを写し出して残っています。

その手帳の存在に気付いたのは、父・母・兄・私の四人で話をしていたときのことでした。母は自分の話ばかりをしました。母は同じ話ばかりを繰り返しました。母が病気だなんて知るはずもなく。とにかく、三人の話を聞こうともせず、また自分の話を始めようとする母に、私は苛立《いらだ》って、「自分の話ばかりするのはやめてくれ」と冷たく言い放ちました。考えてみると、三人の話に付いていくことができず、自分から別の話を切り出すしかなかったのでしょう。そんな母を理解しようともせず、邪魔者《じゃまもの》にして、三人の話ははずみました。母は黙って、理解できない言葉に頷《うなず》くふりをして、私たちの話に耳を傾けているしかなかったのだと思います。

話に夢中になっている間に、母がその場からいなくなっていました。あまりにも長いこと帰ってこないので、探してみると、母は三面鏡の前で何かを読んでいました。声を出して、何度も私の名前を唱え、ページをめくり、父の名前、兄の名前を何度も何度も繰り返し唱え、そして、最後に自分の呼び名である「おかあさん」を何度も何度も唱えて、ふと立ち上がり、振り返りました。母の手には、手帳が広げられていました。母は、私に気付くと、慌ててカバンの中にその手帳を押し込みました。その悲しい手帳が、今私の手のひらの上に乗っています。

寝たきり

一ヶ月ぶりに会ってみると
鼻の上に
母は青あざを作っていた
ホームの中を
徘徊《はいかい》しているとき
ひっくり返ったそうだ

病気にかかる前なら
何のかんのと
愚痴《ぐち》ばかり言っていただろう母が
痛いとも何とも言わず
しわのいっぱい寄った目元の青あざを
しきりに動かしながら
ただ私の顔を見て笑っている

そしていつもと変わらない
笑い声で私に顔を近づけてくる

施設の寮母《りょうぼ》さんが
母のあざを指さし
深々と頭を下げられた
こちらこそお手数をおかけしまして
ともっと深く頭を下げる
その谷間で母は笑っていて
私は母の頭を上から押しつけるようにして
一緒に謝った

できれば一緒に暮らしたいのですが
何せ働いていてどうしようもなくて
と言い訳がましいことを言った
今は無理でも
寝たきりになられれば
働いている間はヘルパーさんに任せ
一緒に暮らせますよと
施設の方がおっしゃった

母の病気の進むのを私は
願わなければならないのか
この青あざは母が生きている証拠なのだ
今度母と一緒に暮らせるのは
母が生きることを止《や》め始めたときか

母の青あざをやさしくなぜてやった

私でなくても

歩く
母はいつまでも歩く
左手は私の手をしっかり握って
右手では手すりをなぜながら
母は歩く
ホームの中を
ぐるぐると歩き回る
私も一緒にぐるぐると……

時には
私とつないだ手を
はずして指をしゃぶり
指をかみ
まだまだ右手は手すりをなぜながら
ぐるぐるぐるぐる

ただ前を向いて
いつもと変わらない方法で
床のこの模様には
足をそろえて立ち止まり
壁のこの絵には
きちんと触って挨拶をし
また歩き始める……

終《しま》いには私が音《ね》を上げて
無理矢理に座らせると
私の右手を
自分の左手で
私の左手を
自分の右手で
しっかり握って
私を見つめ
私が視線をずらすと
母はさっと
左手を口に運びかみ始め
私が立ち上がろうとすると

口から手を離し
焦ったように私の両手を
握りしめ
行っちゃだめなんだよと
よだれで濡れた手で握りしめ
私じゃなきゃだめなんだ
と思って母を見つめていると
急に立ち上がって
歩き出し
歩き出して
疲れた私を捨てて
歩いて歩いて
何処《どこ》へ急いでいるんだい

ふと見ると
いつの間にか
誰かに手を引かれ
私のときと同じように
手すりをなぜながら
歩いていて

私でなくてもよかったのか
そんな私の気持ちはポイと捨てて
母は黙々と歩く
同じ場所をぐるぐると歩き続ける

私がここにいることを

母はしゃべらない
私のことも分かっているかどうかも
定かではない
だから母に会いに施設に行っても
ただ母の側に
パイプ椅子を広げて座っているだけだ
何もしないことが申し訳ない気になって
施設の職員の方が
廊下を通る気配を感じると
突然母の髪を解いたり
足をさすったりする
我ながら馬鹿みたいだなあと思う
ホスピスで働いたことのある友人から

こんな話を聞いた
癌であと一週間の命の人に
「何かしてほしいことはありませんか？」
と尋ねると
「何もしてもらわなくてもいいです
ただ家族の気配を感じたい
何もしゃべらなくても寝てても
本を読んでいてもいい
ただ側にいてくれるだけでいい」と

何もしなくても良い
何もしないことに
罪を感じることはない
何もせずただ側で見つめることにも
何かをしてあげるのと同じくらい
価値があるときもあるかもしれないのだ

母はきっと
私を分かっている
私の気配を感じている

私がここにいることに
「コウちゃんいつもありがとうね」
と心でつぶやいている
慰めるように
祈るように
独り言を言う

霊柩車《れいきゅうしゃ》

二年ほど住んだ熊本の老人ホームから
母を私の住む街へ連れて来ることにした

ストレッチャーに寝かせたまま車に乗せた
母は大声をあげて行きたがらない
その車は父を火葬場に運んだ細長い霊柩車《れいきゅうしゃ》と
まったく同じ型の車だった
大勢の人が涙を流し
母との別れを惜しんでいる
これも父の葬儀のときと同じだ
ただ父は棺桶《かんおけ》の中で黙って寝ていたが
母はストレッチャーの上でわめいている
そして横に座っている私が抱いているのは
父の遺影ではなく母への花束

運転手がクラクションを鳴らした
父を火葬場へ送ったとき
この世から父を断ち切るため鳴らした音と
まったく同じ響きの

母が嫁ぎ
母が私を産み
母が笑い
母が涙を流し
母が入れ墨のように自分を刻みこみ
最後にはその名さえ
すっかり忘れ去ってしまった場所
そこから母を断ち切って
息子の私の住む場所へ母を連れて来た
別世界へ行く練習でもするかのように
霊柩車に似た車で

母の声なき心を詩に

　母が認知症と診断されて二十年になります。その二十年、私は母のこと、父のこと、認知症のことを詩に書き続けてきました。母の詩を書き始めた頃は、自宅から車で五時間ほど離れた熊本に両親は暮らしていました。母の介護は父に任せっきりで、仕事にかまけて十分に母の世話をやってあげることのできない自戒《じかい》の念や後ろめたさを詩に書きました。

　父が亡くなり、母の介護を引き受けるようになってからは、自分の思い通りに動かない認知症の母への怒りや苛立《いらだ》ちも詩に書いてきました。ストアーで、陳列台の上のシュークリームをつかんでムシャムシャと食べる母。おむつを代えている最中におしっこをする母。ドライブの途中に窓からゴミを捨てる母。そんな母を見ると、病気だと思っていながらも、「おれの母さんなんだろう?」と、情けなくなったり、悲しくなったり、怒りがこみ上げてきたりして、おむつを叩いたり、泣きながら怒鳴ったり、うなだれたりもしました。そして、夜一人になって深く母に申し訳なく思うのです。そして、今度こそ、どんなことがあっても母を受け入れるぞと決意しますが、翌日になると、分かっちゃいるけど、また繰り返してしまうのです。「おれの母さんだろう?」と怒鳴ってしまうのです。他人だったらもっと優しくできるのに、とも思うのです。そんな気持ちを詩に書いてきました。

それから、母を私の住む長崎に連れて来ました。すぐに言葉がなくなりました。今では歩くこともできず、食べることもできないので、栄養を胃に流し込む「胃ろう」によって食事をとっています。特別養護老人ホームにいる母に会いに行き、ベッドの横に座っても、「よく来たね」と母は言うわけでもありません。私と分かっているのかどうかも定かではありません。私がいろいろと話しかけるだけで、母は黙って私を見つめたり、寝ていたりします。そんな母を見つめていると、母は今何が言いたいんだろうかとか、今何を考えているんだろうかとか、今つらくないだろうかとか、私は母の心を推測して理解しようとします。そんな声のない、言葉のない母の思いを私は、母の代わりに詩として書いています。

最初は、認知症の母のことは「詩のネタになる」と思っていました。でも、母を見ながら母のことを言葉に置き換えようとしても、全然満足のいく詩が書けないのです。詩作を続けようかどうか迷っていた私は、もう詩のことはいいから、母の世話をしっかりやろうと決意しました。熊本にいる母の元に通い、母ととことん一緒にいて、母の世話をしていると、母を前にして詩を書くことなどできるはずもありません。週末、母の世話をして、くたくたになって自宅へ帰り、静かに一人でいると、スッと母とのことが言葉になって出てくることがありました。満足のいく詩ができた瞬間でした。

詩は生きることそのものだと思いました。自分の人生を、母のためにしっかり生きようと思うようになったのです。

さびしい言葉

病院で母と同室のばぁちゃんは
母と同じくらい呆けている
母と違うのは言葉が話せること
看護師さんが来ると必ず
「お願いします　死なせてください」なのだ
看護師さんが母の世話をしているときも
背中越しに
「お願いします　死なせてください」
時には私に向かって
「お願いします　死なせてください」
また時には呆けた母に向かって
「お願いします　死なせてください」
「さびしい言葉ね　それはできないのですよ」
看護師さんが言うと

「いやできるはず　死なせてください」
ある日「死なせてください」を
繰り返すばあちゃんに
「息がきついのよね」
看護師さんが優しく言うと
「はいきついんです　死なせてください」
「さびしいのよね」
「はいさびしいんです　死なせてください」
その日それからばあちゃんは
ひとこともしゃべらず安心したように眠った
そしてその日もばあちゃんの所へは
誰も見舞いには来なかった
これで一ヶ月にもなるらしい

「死なせてください」
というばあちゃんの願いは
今日も叶えられなかった
夜静まりかえった病棟
私の頭の中でめぐり続けるばあちゃんの声

本当の願いは
「さびしいのです
誰か一緒にいてください
生きていたいのです」
と私には
もっとさびしい言葉に聞こえるのだ

延命

食べ物を飲み込めなくなり
衰えていく母
「ご本人の意思を確認したい」
とお医者さんが言った
「母とは生死観について今まで一度も
話したことがないので分からない」
と答えたけれど
昔母がテレビで
鼻に管を通した寝たきりの人を見て
「あそこまでして生きたくないよね」
と言っていた気もする
北欧の国で寝たきりの人がいないのは
食事がとれなくなったら
自然な形で命が尽きていくのを選ぶからだと

医師が教えてくれた
母が餓死していく姿を、
私は受け入れることはできない
母さんが生きるのが嫌だと言っても
今回は知らない顔をさせてもらうよ
母のまだ聞こえる左耳に小さく呟《つぶや》いてから
胃ろうの手術をお願いに行った
でも母の川は死に向かって流れていく

点滴をして天井をじっと見つめる母
川の中で母の命の流れの速さを感じた
自分の掌《てのひら》の分だけの流れを止めている私
川は轟々《ごうごう》と音を立てて今も流れ続けている

第二章

父と、

約束

今度帰るときには
ライスカレーを作っておくからと
嬉しそうに母は約束した

久しぶりに実家に帰ってみると
約束通りライスカレーが
テーブルの上に置いてあった
食べると母の味つけではない
レトルトのカレーとハンバーグを
皿に盛りつけただけのものだと
すぐに分かった
「お母さんのカレーはうまか」
大げさに父は言っている
「母さんこれレトルトだろ?」
私は不機嫌に言った

「二つとも時間をかけて作ったんよ」
母は言い張った
「違うよ　これは母さんのカレーじゃないよ」
「お母さんのカレーはうまか」
母の方を向いて大声でまた父が言ったので
私も意地になって言い返そうとしたとき
「お母さんのカレーはうまか」
父が私をにらみつけて言った

母が風呂に入って
父と二人っきりになった
料理の作り方を忘れてしまって
自分から作ろうとはしない母の話を聞いた
母が私とのライスカレーの約束の話を
父に何度も何度も話すのだそうだ
母に代わって私のためにレトルトのカレーを
父が用意してくれていた
「父さんにしては盛りつけが上手」
私は父にお世辞を言った
父は嬉しそうに笑った

布切れ

ビールを買って車に戻ってみたら
母はいなかった
酒屋の人も一緒になって探してくれた
見知らぬ人も一緒になって
自分のお母さんでもないのに
みんな大声で「お母さん」と叫びながら
母は酒屋の裏の
ビールの空き瓶の山の向こう側に
隠れるように座っていた

その夜　父は母をきつく叱《しか》りつけた
母は困った顔をした
私は優しく抱きしめた
母は安堵《あんど》した顔をした
するとすぐにうろうろうろと

またどこへともなく歩きだす
「こんな夜中に母さんどこへ行くんだ」
私が母をつかまえると
父は母のはいていたズボンをサッと脱がし
名前と住所と電話番号を書いた布切れを
手際よく縫いつけはじめた
母はそれでもどこかへ行こうとする
「母さんそんな格好でどこへ行くつもりだ」
大きなおむつ丸出しの
アヒルのような母をつかまえて私は笑った
母も一緒に笑っていた

*

どこへも行かないようにと
布切れを縫いつけた父は死に
どこか遠いところへ行ってしまったけれど
母は歩けなくなった今も
その布切れのついたズボンをはいて
ベッドに横になって私の側にいる

絆《きずな》の結び直し

母が認知症の診断を受けてから、母の介護は父が一人でしました。自らは心臓病を患いながらも、「お母さんを幸せにする」が口癖でした。介護は父に任せっきり。私は仕事だ何だと理由をつけて、父の手伝いに帰るのは、お盆と正月の二、三日ぐらいでした。

父は、認知症の母と命がけで生きていました。朝起きて、二人で布団をたたみ、朝食を準備し、食事が終わると母と一緒に父は歌いました。母の大正琴を慣れない手つきで弾き、音程のはずれた歌を二人で歌っていました。それから、昼は母を散歩に連れていき、その後夕食の買い物をし、二人で夕食を作り、食べ、片付けが終わると、布団を敷き、布団の上で向かい合って、ジャンケンをして一日が終わりました。

この生活を、父は母を大切にしながら淡々と繰り返しました。母がわけの分からないことを言っても、父は笑顔で母の顔を見つめ、頷《うなず》きながら最後まで話を聞きました。母がおむつのままどこかへ行こうとすれば、抱きしめて、優しく諭しました。母も優しい父が好きで、いつも「お父さん、お父さん」と言って付いて回りました。自分たち二人のことが仲がいいと病院中で評判になっていると、いつも私に自慢しました。父は本当に嬉しそうでした。こんなに穏やかで幸せそうな二人の表情を見るのは初めてでした。

しかし、無理がたたって、父は心臓の発作で倒れ、入院し、しばらくして亡くなりました。母の介護は父に任せっきりで、私は介護の手伝いという手伝いもろくにやっていませんでしたので、母の認知症の病状も分かりません。ましてや、介護のやり方など分かるはずもありませんでした。私は独り、認知症の母の前に放り出されました。

初めて、母を連れてドライブに行ったときのことです。車の中で母がウンコをしたので、高速道路のパーキングに母を連れて行きました。狭い男子トイレの中で、母を立たせたままおむつを代えていると、母が大声を出しました。代えている側から、おしっこをしました。ウンコの付いたお尻を触ろうとしました。終《しま》いには、しゃがんでおむつを代えている私の頭によだれが垂れてきました。「おれの母さんなんだろう!」と母をにらみつけ、おむつを床に叩きつけました。父の大変さがやっと実感できたときでした。車に戻って私は泣きながら、「父さん、なんでおれがこんなことしなきゃならないんだ」と言ったのを覚えています。

それからも、自分の思い通りに動かない母にイライラしながらも、母の奇行に驚きながらも、母を受け入れ、認知症という病気を受け入れ、母と一緒に生きてきました。そうしている中で、母のことを思いやっている自分にふと気がつくことがあります。母の痛みが自分の痛みのように感じるときがあります。認知症という病気がなかったら、こんなに母の手を握りしめることもなかったでしょうし、こんなに母のことを思いやることもなかったと思います。父にしろ、私にしろ、母の認知症という病気のおかげで、絆《きずな》の結び直しをしたのではないかと思うのです。父は夫婦の絆を、私は親子の絆を結び直した気がするのです。

母が認知症を患って、二十年経ちます。今では、もうしゃべることも、歩くことも、食べることもできません。この頃は、熱を出したり、肺炎になったり、心臓の調子が悪くなったりして、入退院の繰り返しですが、父が母に歌ってあげていた「旅愁《りょしゅう》」という童謡を父に似せて下手に歌うと、まだ母は大声をあげて喜びます。私が「母さん、幸之助が来たよ。コウちゃんがここにおるよ。独りじゃなかよ」と耳元で言うと、母はスッと目を開けるときがあります。認知症という病気を通して、絆を結び直せたことを母が一番喜んでいるように、この頃思えてしかたないのです。

領収書

父は
おむつ一つ買うにも
弁当を二つ買うにも
領収証をもらった
そして
帰ってからノートに明細を書いた
「二人で貯めたお金だもの
お母さんが理解できなくても
お母さんに見せないといけない」
と領収証をノートの終わりに貼る父
そのノートの始まりには
墨で「誠実なる生活」と父は書いていた
私も領収証をもらう
そして母のノートの終わりに貼る

母には理解できないだろうけれど
母へ見せるために
死んでしまったけれど
父へ見せるために
アルツハイマーの薬ができたら
母に飲ませるんだと
父が誠実な生活をして
貯めたわずかばかりのお金を
母の代わりに預かる
母が死んで
父に出会ったとき
「二人のお金はこんなふうに使いましたよ」
と母がきちんと言えるように
領収証を切ってもらう

私はノートの始めに
「母を幸せにするために」
と書いている

花見

父と母を連れてドライブをした
たこ焼きとカンのお茶を買って
三人で花見をした
弁当屋から料理を買ってきて
花見をやればよかったね
と言うと
弁当は食い飽きてね
と父が言った
母が料理を作らなくなって
よく弁当屋に行くのだそうだ
弁当屋の小さなテーブルで
二人で弁当を買って
並んで食べるのだそうだ
そんな姿を見て
あの二人は仲のよかね

と病院中で評判になっていることを
嬉しそうに
父は話した

この歳になっても
誉《ほ》められるのは嬉しかね
何もいらん
何もいらん
花のきれかね
よか春ね

母に言葉がいらなくなったように
父にも物や余分な飾りは
いらなくなってしまった

母を連れてドライブをした
今年もカンのお茶とたこ焼きを買って
二人で花見をした
花のきれかね
よか春ね

と母に言ってみる
独り言を言ってみる

母の中の父

「更《ふ》けゆく秋の夜……」
と始まる童謡「旅愁《りょしゅう》」
この歌を
春　桜が咲いていようが
夏　汗だくになっていようが
冬　雪が降っていようが
一年中母に歌ってあげる
この歌を聴けば
母は大声を出して反応するのだ
しかしあんまり上手く歌ったら
まったく反応しないときがある
父の声まねをして
できるだけ下手に歌う
すると母は大声を出して興奮する

この歌は
毎日毎日母の手を取り
父が歌ってあげていた歌
父が亡くなった今でも
母は父を思い出しているのか
父の優しさを感じているのか
それとも父と暮らした安らかな日々を
思い出しているのか
母には父とのことが
ただそれだけが
結晶となって
心の中に残っているに違いない
忘れる病にも忘れることのできない
認知症にも消すことができない
そんなものがあるのだと……
母の中でぽつんと一粒
父が輝いて見えた

しかし

歌を下手に歌うのが
こんなに大変だとは思わなかった
私の声を聞いて叫ぶ母
私の声の中にも父は生きていた
愛しい父が私の中にも生きていた

祈る

父の仏壇の前で手を合わせるとき
母のことをどのようにお願いしようかと迷う
「病気が治りますように」
と祈るにも
アルツハイマーという病気は
治りそうもなく嘘ください
「母さんが一番つらくないようにしてください」
と祈るとなると
母の息がすっかり止まり
安らかな顔が脳裏《のうり》に浮かぶ
「母さんが幸せになりますように」
と祈るとなると
天国へ行って父と再会し
もう呆けもどこかへいってしまった
凜凜《りり》しくて嬉しそうで幸せそうな

母の顔が目に浮かぶ
結局何にも祈らず
「まだ母さんを連れて行かないでよ父さん」
と小言のようなことを
父の写真に向かって
毎朝毎朝お経のように言う

こんな所

その施設には、始終口を開け、よだれを垂れ流し、息子におむつを代えられる身体の動かない母親がいました。大声を出して娘を叱《しか》りつけ、拳《こぶし》で殴りつける呆けた父親もいました。老女が、行く場所も帰る場所も忘れ去って延々と歩き続けていました。鏡に向かって叫び続け、終《しま》いには自分の顔に怒り、ツバを吐きかける男に、私は驚きました。うろつき、他人の病室に入っては叱られ、子どものようにビクビクしてうなだれている老人も見かけました。

父が入院して母を介護する者がいなくなり、初めて母を病院の隣の施設に連れて行ったときのことでした。施設の中に入った私は、その様子にものすごく驚きました。「こんな所」へ母を入れるのかと思いました。そう思ってもどうしてやることもできず、母を置いて帰りました。兄と私が帰ろうとすると、母は一緒に帰るものだと思っていて、施設の人の制止を振り切って出口まで私たちと一緒に歩いてきました。施設の人が止めるのをどうしても振り切ろうとする母は、数人の施設の人に連れて行かれ、私たち家族は別れたのです。こんな中で母は今日眠ることができるのか。こんな中で母は大丈夫か。とめどなく涙が流れました。

それから母にも私にも時は流れ、母は始終口を開け、よだれを垂れ流し、息子におむつを代えられ、大声を出し、行く場所も帰る場所も忘れ去って延々と歩き続け、鏡に向かって叫びはしませんでしたが、うろつき、他人の病室に入り、叱られた子どものようにうなだれもしました。「こんな所」と思った私も、同じ情景を母の中に見ながら「こんな母」なんて決して思わなくなりました。「こんな所」を見ても、今は決して奇妙には見えません。お年寄りが自分の世界の中で、自分の生を必死に生きる姿に見えてきたのです。

経験というトンネルをくぐることで、同じ月でも違って見えるものだと、今になって思います。あの頃は、まだ母は少しばかり話し、歩くこともできたので、他のお年寄りと比べて、まだ母の方がましだと思っていたのです。母は認知症じゃないと、どこかでまだ母の病気を受け入れることができなかったのかもしれません。

満月の夜には、母を施設に置いて帰った日のことをはっきりと思い出します。あのときとはまったく違う自分を、あのときとまったく同じ月が淡く照らします。そして、あのときとまったく同じ黒い影が、私をじっと見つめているのです。

第三章

息子は、

母の足をさすりながら

しゃべればしゃべったで
黙っていろと言い
しゃべらなくなると
しゃべってくれ
一緒に話したいんだようと
母の手を握り願う

まずい料理を食べさせられたら
なんだこんなもの食べられるかと思い
作らなくなったらなったで
母のカレーを食べたいと
母がカレーをよそってた器を見る

だらだらとよだれを垂らし
食べたら食べたで

こんなに時間かかるんなら
やめておけと苛《いら》つき
食べなかったら食べなかったで
一緒に食事をしたいと
空を見上げて祈る

指をかんだらかんだで
子どもみたいだと叱《しか》りつけ
手を動かさなくなったらなったで
母さんほらジャンケンをやろうよと
子どもみたいに涙を流して母の手を握る

歩けば歩いたで
ウロウロするなと言い
歩かなければ歩かないで
一緒に散歩でもしたいなぁと
車いすを押しながら呟《つぶや》く
そして母をベッドに寝かし
母さんこの体は動かなくても

母さんは母さんだ
私はこの母さんと生きるんだと
母の足を何度も何度もさすりながら
何度も何度も自分を説得するように
独り言を繰り返す

臨終《りんじゅう》

母が眠り続ける
頬《ほお》を叩いても
体を揺すっても
起きない
聞こえる左耳に
大声をかけても
寝ている
両目の目蓋《まぶた》を強引に開けて
瞳におおいおいと言っても
まだ寝ているので
必死で体を揺すって揺すって
揺すり続けたら
母がゆっくりと目を開けた
すると
私の手を握ったまま

母が静かに目をつぶる
おれは母さんがいなくても頑張るからな、
と頭の中で言いながらも
これじゃ臨終の練習じゃないかと
また母を揺り起こした

驚いたように
目をぱっちりと開けた母
「母さんそんなに眠いなら
寝てなさい」と
生きてることが確認できたら
もう眠れと言っている私
今日は
臨終の練習をした
すべてが終わった練習をした

旨《うま》いものを食べると

旨《うま》いものを食べると
病院に入ったまんま死んだ父が
フッと私のそばにやってくる
食わせたかったなあ
あのとき無理をしても
鰻《うなぎ》を買ってきて食わせてやればよかった
病院の食事なんて今日は残していいさ
なんて言ってやって
早く出て母の世話をと焦ったあまり
症状を隠して
死んでいった父
自分が大声を出して笑っていると
今老人ホームに置いたままの
母がフッと私の側にやってくる

一緒に笑いたいなぁ
自分だけ楽しんで
母さんごめんねと
笑い声に
ザバンと水がかかる
ジュッと
いつもの私に戻る

三日前は
食堂で百五十円安い
コロッケ定食にした
昨日は
バラエティー番組の笑い声を聞いて
不機嫌にテレビのスイッチを切った
今日も
缶ビールを飲むのをやめた
五ヶ月前に買った缶ビールが
冷蔵庫の中で
飲まれる明日を待っている

あごあげ係

熱が上がり入院した母
意識がもうろうとしてくると
あごがストンと落ち
口がぽかんと開いたままになる
すると舌がノドに落ちて息が止まる
浅い浅いほんとに浅い息を
くっくっくと母は繰り返す
そしてもがく　大声をあげる
そんなときあごを上にあげてやると
鼻の穴から母の中に
この世の空気がスッと入っていく
私が手を放すと
またあごがストンと落ちて
ノドに舌がふたをする
母の真っ赤な舌が

あの世への扉《とびら》に見える
またもがく　大声をあげる
この繰り返し
だから左手であごをあげたまま
右手でパンをかじる
右手で雑誌をめくる
右手で詩のメモを取る
左手であごをあげたまま
時には私は目を閉じて居眠りをする
そして母の大声で目を覚ます
病室でこの繰り返し
これは立派な係だ
「あごあげ係」だ

舌がノドに落ちるのを
「舌根沈下《ぜっこんちんか》」というのだと
夜勤の看護師さんが教えてくれた
「ゼッコンチンカ」へんてこな響きだ
ゼッコンチンカゼッコンチンカ……
私の言葉の繰り返しを聞いて

母がカッカッカッカと笑った
自分を苦しめているものだとも知らないで
面会の時間が過ぎて病室を出る
階段を降りながら
小学生の夏休み
花壇の水かけ係をサボり　花を枯らして
先生に大目玉を食らったことを思い出した
もがく母の大きな声が
静かな病棟にこだましている
明日生きた母に会えるのだろうか？
ゼッコンチンカゼッコンチンカ……
不安をかき消すように
何度も何度も唱えながら病院を出た

母からの手紙

父が死んで、認知症の母は熊本の老人ホームに入りました。私の住む所から五時間ほどかかる場所です。私は仕事が忙しいため、なかなか母に会いに行くことができませんでした。申し訳ないという気持ちもあって、母によく手紙を書きました。誰かと言い争ったとき、誰かの言葉に傷ついたとき、誰かを傷つけてしまったのではと不安な夜、母に話を聞いてもらいたくて手紙を書きました。手紙を書いても、母にその内容は分かるはずもないのですが、私は母によく手紙を書きました。返事の来ない手紙を書きました。ただいつものように、「お元気ですか」で始まり、「さびしくないか」と付け加え、「元気でね」と書きました。言葉のない母は、手紙を読むこともなく口にくわえてしゃぶるのだと施設の人に聞きました。

仕事が一段落し、時間ができると、老人ホームにいる母を訪ねました。そして、それまでにたまった私の手紙を母に読んであげました。「これじゃ手紙の意味がないじゃないか」と言いながら、わけも分からずニコニコと私を見つめている母を前にして、私は自分の書いた手紙を読みました。母にはもう必要のない言葉を、母の代わりに読みました。読みながら涙が出るときもありました。「自分のつらさを聞いてくれる人が、私にはいる。ここに母がいる」と、父が亡くなったさびしさも手伝ってこみ上げてくる涙でした。

　母は認知症が進み、できないことや理解できないことが多くなってきていました。手紙を読むこともそうですが、母のできないことを、私は一つ一つ母のためにやっていきました。そうしているうちに、母のことを気遣い、思いやっている自分にふと気がついて、驚きました。もともと、私は人のことを思いやり、人のために時間を割くような人間ではなかったので、いつの間にか私が母に人間性を引き出されているとさえ感じたのです。そして、支えていたと思っていた私が、母に支えられていることに気付くのです。言葉のない老人とろくでもない者が向き合って、その足りない部分を埋め合って生きていたのです。母に感謝をしました。

　私にも、文字のない、紙もない、無言の手紙が届きます。「お元気ですか」も「さびしくないか」もなく、「元気でね」とどこにも書いてない、母からの手紙が届くのです。私の心の中に届くのです。「その自分を生き抜け」と。私の心の中に響くのです。

この手の長さ

背中のあたりがかゆくて苦しんでいると
「一人では何でもかんでもできないように
手はちょうどいい長さに作ってあるのよ」
と母は言って
私の背中の手の届かないあたりを
かいてくれた

そう言っていた母も認知症になり
母一人では何にもできなくなった
母一人では渡れない川を
二人で渡りきろう
母一人では登れない山を
二人で越えよう
人が孤独にならないように
人が愛で引き合うように

人が人を必要とするように
人が傲慢《ごうまん》にならないように
この手をちょうど良い長さに
作ってあるに違いない
私にもとうてい一人では
できないことがある
できない二つのことが
母と私とで
できる二つのことになる日が
来るのかもしれない
私の人生の地図の一部が
母の中にあり
母の人生の地図の一部が
私の中にきっと潜んでいるに違いない

静かな長い夜

母に優しい言葉をかけても
ありがとうとも言わない
ましてやいい息子だと
誰かに自慢するわけでもなく
ただにこりともしないで私を見つめる

二時間もかかる母の食事に苛立《いらだ》つ私を尻目に
母は静かに宙を見つめ　ゆっくりと食事をする
――本当はこんなことしてる間に仕事がしたいんだ

あるときは
母のウンコの臭いにうんざりしている私の顔を
母は静かに見つめている
――なんでこんな臭いをかがなくちゃいけないんだ

「お母さんはよく分かっているんだよ」
と他人《ひと》は言ってくれるけれど

何にも分かっちゃいないと思う
夜　母から離れて独りぼっちになる
母という凪《な》いだ海に写る自分の姿を
じっと見つめる
人の目がなかったら
私はこんなに親身になって
母の世話をするのだろうか？
せめて私が母の側にいることを
母に分かっていてもらいたいと
ひたすら願う静かな長い夜が私にはある

母の世界

講演をした
母のことを多くの人の前で話した
認知症のおばあちゃんが座って聞いていた
立って話を続ける私を見つめて
ずっと手招きをして
「立ってばかりでは大変
ここに来て座りなさい」
と言っていた
「私がそこに座ると
誰も話す人がいなくなるので
そこには行けないんですよ」
と言っても
おばあちゃんは手招きを続けた
あまりにも続くので

話を中断して
私はおばあちゃんの横に座った
おばあちゃんは優しく
私の背中をさすってくれた
何度も何度もさすってくれた

このおばあちゃんの頭の中だけに広がる
おばあちゃんの世界
私に与え続けるおばあちゃんの愛情を
受け取ってあげるだけで
おばあちゃんの世界は
つじつまが合い完結する

母にも母の世界があったに違いない
母の頭の中の世界を
私はことごとく否定し続けてきた
「何を言ってるんだ　変なこと言うな」と
母の世界を受け入れることができなかった
自分の世界を誰にも分かってもらえないまま
母よ

あなたは口を閉じ
目をつぶり
動かなくなってしまった
正常と言われているこの私たちの世界が
どれほどのものか
こんなにも狂ってしまっているじゃないか
母の世界からしか見えないものがある
認知症の世界からしか聞こえない音がある

おばあちゃんから離れて
私は講演を続けた
もうおばあちゃんは
手招きすることはなかった
そしてニコニコして「息子」の話を
最後まで聞いていた

カステラ

包丁が容易に入り込めない柔らかさ
切ろうとすると
切ろうとする力の分だけ
カステラはひっこんでしまう

母の柔らかさを左手で確かめながら
母から手渡されたカステラを
右手で握って食べた

母に向けて笑っても
母を嫌っても
母に怒鳴っても
母に泣きついても
私の心の力の分だけ
ただ母は柔らかくひっこんで側にいてくれた

包丁をふきんで濡らして切ると
よく切れるのにと
みんなは教えてくれるけど
私は切れにくいままカステラを切る

母の日記

まだ生きている母の日記を読むのはどうかと思いましたが、人生に迷うことがあって、その日記を開きました。こんなとき、母はどうしていたのだろうという思いからでした。もう言葉がなくなって話せなくなった母からもらえるアドバイスといえば、この日記ぐらいなのです。

認知症が進む中でも、母は日記を書き続けていました。大学ノート一ページが一日分。表紙には、それを書き始めた日付と「思いのままに記す」という標題がつけられていました。日記は、毎日同じ文面で始まり、幾行かの出来事が書いてあって、毎日同じ文面で終わっていました。時には、前の日の日記をそのまま写していることもありました。

父に字を訊《き》きながら、日記を書いていた母を思い出しました。優しく教える父。簡単な字を「知っているんだけど」と前置きしながら、毎日毎日、何度も何度も訊く母。その頃の母は、私が日記をのぞこうとすると、さっとノートを閉じて、怒ったように書くのをやめてしまいました。

日がたつにつれて、字のふるえがひどくなり、誤字や脱字が目立ち、意味不明の文が増えていきます。そんな母の日記を繰《く》りながら、いつの間にか私は自分の名前の書いてある箇所だけを探していました。そこには、母に心配をかけていたことでも、ひどく母と言い争ったことでも、「あの子は優しい子だから大丈夫」と必ず書き添えてあるのです。いつか私が、母の日記を読む日が来るのを知っていたかのように、「あの子は優しい子だから大丈夫」と必ず書き添えてあるのです。こんなにも、私は母に愛されていたのかと思いました。私のこんがらがった話を分かるまで聞いてくれていた母の笑顔を思い出しました。

母の側に座って世話をするとき、子どもの頃母にもらった愛を今少しずつ母に返しているのではないかと、この日記を読んでから思うようになりました。これだけの愛を与えて育ててくれたことを、母に感謝しました。母が認知症にならなかったら、母の日記を見ることもなかったと思います。母のこんな気持ちも知らないで、いい歳をして母と言い争っていたかもしれません。

人生に迷うことがあって開いた母の日記。「あの子は優しい子だから大丈夫」という母の言葉。つらいときには、この言葉を心の中で何度も何度も繰り返し、母の愛を確かめます。

時間

幼い頃
楽しいことがあると
このまま時間が
ゆっくりと流れればいいのにと思った
つらいことや避けたいことがあると
できれば知らないうちに
早く過ぎてくれないかなあと思った

ゆっくりと流れてくれ！
そうすれば母はずっと生きていられる
早く過ぎてくれ！
死に向かう苦しそうな母を見なくてすむ
そしていつも結局は
このままでいいやと思う
母の病床で

私の居眠りのための目覚まし時計が
一秒一秒を正確に刻んでいる

今の今でも

母はもう徘徊《はいかい》もしない
わけの分からないことを話すわけでもない
自分の世界を描いて私を困らせることもない
だのに
今の今でも私は苛立《いらだ》つ

舌根《ぜっこん》が落ちて
息のできない母を見つめていると
見つめている側の私も苦しくなって
どうにかしてあげなければと
息がしやすい体勢を
必死になって私はさぐる
汗だくになって私は探す

探しても探しても

母がなかなか息ができないと
「息ぐらいしないと生きている
資格なんてないぞ」
と言い放って私は苛立つ
苛立っても母が息ができるわけでもない
というのは十分分かっているつもりなんだが
自分で息ぐらいはしてくれと
毒づいてしまうのだ
今の今でもこんなふうなのだ

そんなときがあった

母よ
私はあなたを殺してしまおうかと
思ったことがあった

あなたの子どもの私が
あなたの親になったとき

私の親のあなたが
私の子どもになったとき

大便を触りたがるあなたに
大便に触りたくない私が
「おれの母さんだろう」と叫んだ日

よだれが垂れるあなた

よだれで呼吸ができなくなるあなた
「何やってんだ」と苛《いら》つく私
どうしても指をくわえるあなた
指をくわえさせたくない私

歩き回るあなた
石になってもらいたい私

食べないあなた
でもどうにか食べさせて
元気になって
長生きしてくれと祈った息子の私
その息子の私が
あなたを殺してしまおうかと
思ったことがあった
殺せばあなたのこの認知症という病も
そして私のこの苦しみも
跡形もなくなくなってしまう
だからあなたを殺してしまおうかと

思ってしまったことがあった
あったのではなく
そんな気持ちが心のどこか深い所にあって
私にゆっくりと近寄っては
どこか心の深い所へ離れていっていた
そんなときが私にはあった

バス停のイス

バス停にほったらかしの
雨ざらしのあの木のイス
今にもバラバラに
ほどけてしまいそうな
あのイス

バスを待つ人を座らせ
歩き疲れた老人を憩《いこ》わせ
時には邪魔者扱いされ
けっとばされ
毎日のように
学校帰りの子どもを楽しませる

支える
支える

崩れていく自分を
必死に支えながらも
人を支え続け
「それが私なんだもの」とつぶやく

そのイスに座り
そのつぶやきが聞こえた日は
どれだけ人を愛したかを
一日の終わり静かに考える
木のイスの余韻《よいん》を
尻のあたりに少しばかり感じながら
〈愛〉の形について考える

対談

母から詩が降ってくる

藤川幸之助

谷川俊太郎

藤川＊私は谷川さんに影響を受けて、ずっと詩を書き続けてきました。谷川さんの詩を読むと、また次の日の朝も読みたいと思うときがあるんです。

谷川＊ありがとうございます。

藤川＊自分が「ああ、いい詩ができた」という感覚と、谷川さんの詩集を買ってきて読むときの感覚は一緒なんです。何かドキドキして、たまらなくいいんです。

谷川＊藤川さんの詩も、僕は素晴らしいと思います。具体的で正直で。現代詩というのは観念的なものが多いけど、僕はそういうのはそんなにいいと思えません。でも、藤川さんの詩は、それらとは違う。

藤川＊本当ですか？　それはうれしいですね。

今、やっと母と一緒にいるという感じがします。

谷川＊お母様はその後、どうしておられるのですか。

藤川＊特別養護老人ホームに入っていましたが、肺炎などをたびたび起こすものですから、施設でこのまま看ていくのは難しいということで、病院に移りました。

谷川＊そうですか。僕の母も認知症になりましたが、藤川さんのように母の下の世話をしたりという経験はないですからね。藤川さんはすごくいい経験をされたと思いますよ。

うちの場合、母の呆けが原因で家庭がガタガタになりかけました。困ったのは、母が父の仕事相手の電話に出て受け答えをするんですが、用件をケロッと忘れてしまうことでした。父が、あのノーベル物理学賞の湯川秀樹さんと仕事をご一緒させていただいていたことがあったんです。あるとき、電話を受けた母が、「湯川さんが亡くなった」と言いだしました。それを聞いた父は、大慌てで弔電を打ったわけです。そうしたら、そんなことはまったくなかった（笑）。こうしたおかしなことが何度も重なってくると、だんだんこっちは母の病気に向き合わざるを得なくなってきて。

参ってしまったのは、昔から酒好きだった母が、呆けてきたら量なんか考えずにあればあるだけ飲んじゃって……。ぐでんぐでんになって、雨の中、庭に出ていっちゃったりするんです。しまいには、洗面所でヘアトニックを飲んじゃってましたよ。それと、母は料理がうまかったんですよ。ですから、呆けてからも台所に立ちたがって、それで鍋を何十個焦がしたことか。

ただ、徘徊みたいなことはなかったし、おしめのほうも必要なかったですね。母は、そのうち病院に入ってしまいました。

藤川＊そうでしたか。

谷川＊僕はとても母親っ子で、高校生になってからも母とのスキンシップがあったくらいです。でも、あるとき、呆けた母に手を握られて、それが小刻みに震えているのが不気味で……。突き放しはしなかったけど、何だか苦痛でしたね。

藤川＊私は逆でしたね。私は、母とあまり仲のいい親子ではなく、中学生の頃から家を出て別々に暮らしていました。谷川さんと同じように、認知症になった母が手を握ってきたことがありましたが、私の場合、なんだかすごく懐かしくて、温かく

て……。ずっと触っていたくなりました。

谷川＊ 育った環境や歴史によって違うんですね。僕は、健康な母とのスキンシップの記憶ばかりがありましたから、その母が変わってしまったことが不気味だったのかもしれません。

藤川＊ 私は、今やっと母と一緒にいるという感じがします。

谷川＊ それは幸せなことかもしれませんね。

尊敬する人は父だと、はっきり言えます。

谷川＊ お母様が病気になられてから最初の時期は、お父様がご一緒だったんですか。

藤川＊ そうです。

谷川＊では、藤川さんは初期の頃のお母様の様子を知らないんですか。

藤川＊あまり知らないですね。私が母の病気を知ったのは、症状が進んでからです。ある日、父が私を実家（熊本）に呼び寄せて、「病院で、お母さんはアルツハイマー病だと言われたんよ」と告げたんです。続けて父は、「お母さんのことは、おれ一人でしっかり幸せにするけんね」と言いました。

谷川＊それはすごいですね。僕の父と比べると、あまりにも違う（笑）。藤川さんのお父様には、本当に感心します。

藤川＊ただ、父のそんな面は、母が認知症になったからこそ見ることができたのかもしれません。それまでは、父と母が手をつないで散歩するなんて想像できませんでした。父と母が、男と女だという意識はまったくなかったですし。

谷川＊普通ないですよ、子どもっていうのは。

藤川＊母が老人ホームに入所していたとき、父が心臓病を患って、そのホームの隣の病院に入ることになりました。そのとき、父は母に会いたがって会いたがってしょうがなかった。「幸之助、家からカメラを持ってこい。望遠レンズでお母さんを見るけん。よく見えるように、お母さんを窓際まで連れて来い」なんて言うわけですよ。

谷川＊ははは。本当ですか？

藤川＊それを聞いて、「お父さん、そこまでお母さんのことが好きやったら、元気なときにもっと大事にすればよかったとに」と言ったくらいでした（笑）。

谷川＊僕は、「誠実なる生活」とお父様がノートに書いていたっていうエピソードに感動しました［p58参照］。

藤川＊チョコレート一個買うにも、「二人で貯めたお金だから、お母さんに見せんといけん」と言って、全部つけていましたね。

谷川＊妻が病気になったりすると、男は普通、仕事のほうへ逃げますよね。僕の父なんかはその典型。母の介護は子どもに任せっきりで、何一つ手を貸さなかった人でした。妻が呆けたことで、自分の人生観を変える藤川さんのお父様のような男は偉いですよね。

藤川＊たしかに私の父は、人生観が変わったと思います。

谷川＊そうでしょうね。

藤川＊それまで私、父を尊敬するようなことはなかったんです。でも、このことをきっかけに、尊敬する人物は父だとはっきり言えるようになりました。

　父と母には、一日の過ごし方が決まっていました。「朝一緒に起きて、一緒にご飯を作って食べる、茶碗を洗う。童謡を歌う。それから二人で散歩をする……」。そんなことを毎日変わることなく実践していました。

谷川＊その一緒に歌を歌うっていうのにも感動しましたよ。

藤川＊〝更けゆく～秋の夜～〟で始まる「旅愁」という歌です。熊本出身の犬童球渓《いんどうきゅうけい》がつくったその歌を、母と父はいつも歌っていました。今や寝たきりで何もわからなくなった母ですが、それでも私が耳元でその歌を歌うと、「おーおー」と反応するんです。これには驚きます。

谷川＊歌は、何か体に直接訴えかけて、頭を通らずに済むみたいなところがありますからね。

藤川＊父のエピソードでは、こんなこともありました。私が、たまに母や父のことが気になって帰省すると、母はうろうろうろうろと徘徊しています。私はそれが見てられなくて、手を握って、歩かせないようにすることだけを考えてしまいます。ところが父は、「歩かせろ、歩かせろ」と言うのです。今振り返ってみると、母の頭の中に広がっている意味のある物語や世界というものを、父はどうもわかっていたんじゃないかと。

谷川＊そうかもしれませんね。お父様は、それを特に本などで学んだわけじゃなくて、きちんと理解していたというのはすごいことだと思います。

藤川＊私の母に対する介護というのも、そうした父から受け継いでいるのだと思います。父の姿を見ていたからこそです。でも、父が亡くなったときは、遺書に「幸之助、任せた」なんて書いてあって、「何で、おれがせんといけんとかなあ」と、オロオロするばかりでした（笑）。

詩を書くこと、言葉を吐き出すことで解放されます。

藤川＊母の介護は楽ではないし、イライラしてどうしようもなくなることもあります。でも、詩を書くこと、言葉を吐き出すことで解放されているところがあります。

谷川＊書くことは解放しますよね、人を。

藤川＊谷川さんにとって、詩を書くことは自らの解放につながっていますか。

谷川＊僕の場合は、もうそれが仕事になっていますからちょっと違いますね。ただ、いい作品、自分が満足のいくものを書けたときには、たしかに嬉しいし解放感はあります。僕は若い頃からずっと、自分の中にある恨みつらみなどを書くことで解放させるということはしてきませんでした。むしろ書くことで人を喜ばせたいとか、

笑わせたいとかと思っていて、カタルシスみたいなものとは少し違うんですよね。

藤川＊生きる喜びのようなものでしょうか。

谷川＊それもありますね。美しい言葉や胸を打つ言葉、おもしろい言葉というものを存在させたいと思うんです。だから僕は、自分のことを職人だと言っています。焼き物を焼いたり、木工細工をつくったりするのと同じです。「これどうですか」と言って相手の目の前に差し出す。そして、それを人が喜んでくれたときは、自分が役に立った、自分にも価値があるんだという気持ちになります。

僕の詩のつくり方はそんな感じですが、藤川さんのように、実際に体験した現実が基礎になっている詩はすごく強いと思いますよ。

藤川＊谷川さんにそう言っていただけると、本当にうれしいです。

谷川＊お母様との経験というのは、自分が生きることとの基礎だといえますよね。つ

まり、世界の見方とか死生観というものの基礎。それは、その目線で見れば、すべてが詩になるということだと思うんです。

藤川＊たしかにそうですね。ただ、最初に母のことを詩にしようと思ったのは、不謹慎ですが、母がネタになると思ったからなんです。

ずっと認知症の母の側にいて、観察してメモをとったりするんですが、まったくいい詩が書けなくて。あるとき、高速道路を母とドライブしていて、おむつを代えるために、二人で小さな便所の中に入りました。そうしたら、母はウンコを手で触ろうとするし、よだれは垂らしてくるし……。私は、「母さん、いい加減にしろ！」と、おむつを母の足元に叩きつけてしまいました。そのときには、詩のことなんかまったく考えられませんでした。

ところが、ドライブの後、家に帰ってしばらくして、そのときの情景が浮かんできて、それが次第に言葉になっていったんです。「ああ、これが詩だ」と思いました。それが冒頭の「おむつ」っていう作品です［p8参照］。

谷川＊藤川さんの詩を読んで思うのは、そういう状況をあそこまで嫌味なく書けるというのはすごいということ。

藤川＊そうでしょうか。

谷川＊いずれにしても、書くことは救いになります。僕は、母の介護の最中にはあまり書けませんでしたけど、書くことである程度引いた目で自分の母親を見られたし、救いになったところがありましたね。

詩が、読者の言葉を引き出したんだと思いますよ。

藤川＊私の詩集は、介護しているご家族の方に読まれることが多いわけですが、読者の感想ハガキの二割方に「感動しました」と書いてあります。残りの八割は、読者自身の介護にまつわる体験がこと細かに書かれています。講演会でもそうです。講演が終わった後に、私のところにこられる方の多くは、「感動しました。ありがとうございました」と言ってから、ずっとご自分の話をされるんです。そういうとき、私は聞き役に徹します。本当に感動したのかなと思いながら……（笑）。

谷川＊それは、藤川さんが相手から言葉を引き出したんだと思いますよ。みなさん、介護でものすごくフラストレーションを抱えているわけじゃないですか。だから、わかってもらえる人に話したい、伝えたいというのがあると思います。「この人ならわかってもらえる」と思うから、そういうふうにしゃべるわけでしょう。書くわけでしょう。

藤川＊みなさん、介護をしている状況でたいへんな思いをされていますからね。

谷川＊藤川さんも、「あなたを殺してしまおうかと思ったことがあった」という詩を書いていらっしゃいましたよね〔p102参照〕。

藤川＊ええ。

谷川＊誰でも、そうしたくなることはあると思いますよ。

藤川＊ただ、その詩が新聞に掲載されたことがあったんですが、「殺したいとは何事だ」なんて批判する人もいました。

谷川＊そうなんですよ。介護を経験したことのない人は、簡単に批判したり、きれい事を言ったりするんです。昔、僕が「おばあちゃん」という絵本をつくったときも、「もしかすると おばあちゃんは うちゅうじんに なったんじゃないかと おもいます」って書いたら、ずいぶん批判的なことを言われました。だけれど、呆けの介護は分からなことや大変なことが多いわけですから、そんな言い方でもして自分を納得させなきゃいけないんですよ。

藤川＊その絵本の中には、子どもが「おばあちゃんなんか しんじゃえばいい」って言うのもありましたよね。強烈ですけど、実際はみんなそういう感情をもっていると思います。私だって、横に寝ている母が「あーあーあー」と何度も繰り返し起きてしまうときなど、イライラしてしまうことがあります。「母さん、もうやめてくれ！」と。

命の静けさというのは、死の沈黙よりも深い。

藤川＊今、母は寝たきりで、言葉もないし、反応も乏しいですが、でもやっぱり生きているんですよね。ただ横たわっているだけなのに、生きている中に魂みたいなものをすごく感じるんです。谷川さんの詩集『シャガールと木の葉』の中に、「いのちの静けさは深い 死の沈黙よりも」といった一文がありますが、私は母を見てそれをすごく感じるんです。まだ死んでいない母の奥底にそれを感じているというところがあります。

谷川＊それは感謝しなきゃいけませんね。お母様のおかげでそういうことが見えるようになった、感じられるようになったんですから。命のあり方や無意識といったことを。

藤川＊そうですね。それは観念的にとどまらず、「人を大切にしよう」という具体的な生き方へつなげて考えられるときもあります。

谷川＊得られたことがたくさんありますね。

藤川＊最近、しゃべることのできない母を見ていて思うのは、言葉がないというのは幸せなことかもしれないなんて。私は小学校の教員を十数年やっていて、子どもたちに詩を書かせていたんです。あの子たちは、言葉や語彙《ごい》が少ないので、言いたい感覚をうまく表現することができないんですが、それが素敵なんです。行間が空いていたり、多少意味がわからなくても。

谷川＊そうそう。逆に感覚が鋭くなっているということはいえますよね。言葉が邪魔しないぶんだけ。

母が認知症にならなかったら、この考え方にはなれませんでした。

谷川＊藤川さんもそうですが、僕もそうです。母が呆けなければ、いろいろ深く考えるには至らなかっただろうなと思います。

藤川＊私などは、もともと人を思いやるという心が欠けていましたから。自分のことばっかり考えて。それが母のおかげで……。

谷川＊誰でも若い頃はそうですよ。特に物を書く人たちには、その傾向がありますね（笑）。

藤川＊いつも自分のことばかり考えていた私が、あるとき、母のおむつを代えていて、皮膚がかぶれないようにとか、痛くないようにと気を配っていることに気がついたんです。いつの間にか、私は母のことを思いやっているんだなと。そういう意味で、母は、私から人間性というものを引き出してくれたのかなと思います。それは考え過ぎでしょうか。

谷川＊いや、実際そうだと思いますよ。素晴らしいことです。いつまでも「嫌だ、嫌だ」「何でおれが」というふうにしか考えられない人だっているわけですから。他者の存在によって自分が変わっていくということは、すごく素敵なことです。

何もすることがなくていい、何もしないでいいんだということ。

藤川＊最近、母の側にいると、時々、「何しているんだろう」と思うこともあります。病院ではおむつ交換などは看護師さんがしてくれますから、私は何もすることがありません。「私は何をしたらいいんでしょうか？」と尋ねても、「何もしなくていいですよ」などと言われてしまいます。けど、何かしなくちゃと思ってしまうんです。誰かが廊下を通ると、とっさに母の髪の毛を解かしたりして……（笑）。

谷川＊僕の母は晩年、脳梗塞になって、自宅で介護しきれなくなり、病院に入院しました。そのときの母はもうしゃべれず、経管栄養《けいかんえいよう》で寝たきりだったのですが、毎日父はその病院に通い続けました。そこで父は、母のベッドの横で新聞を読むだけ。とにかく、ただただ側にいるだけだったんですが、それを毎日毎日繰り返していました。父がどこまで意識していたかわかりませんが、まさに「側にいることの大切さ」を実行していました。「何もしない」ということにも意味があるんですよね。

藤川＊存在するだけで価値があるということを、私も母を通して学びました。

谷川＊僕の同世代に、岩田宏という詩人がいましてね。彼と同人誌をつくっていたとき、彼に「やさしさってどういうものか？」と僕が尋ねたことがあって。すると彼は、「側にいること」と答えたのです。それが今でもすごく印象に残っています。普通、やさしさといえば態度だったり行動を指しますが、歳をとった親に関わって、僕もそうだよなという感じがしました。

若い頃は、何か意味のあることをしなきゃいけないと思ってしまいますよね。でも、歳を重ねるにつれ、意味のあることだけが大事じゃないということがだんだん分かってくる。何もすることがなくてもいいし、何もしなくてもいいんだということ、存在するだけの大事さがね。

藤川＊私もすごくそう思います。〔了〕

photo＊清水知恵子

あとがき

母が認知症にならなかったら

藤川幸之助

認知症の母の世話をするようになって、人と人とは足りない部分を補い合って生きているのではないかと考えるようになりました。私の中には未完成のままの人生の地図があって、その地図の切れ端を、出会う人出会う人一人一人が持っているのではないかと。そして、その出会いの積み重ねの中で、自分の人生の地図は姿を現していくのではないかと。人は、人と触れ合うことでしか本当の自分と出会えないのかもしれない。そんなふうに感じるようになって、新しい出会いを一つ一つ大切にしていきたいと思うようになったのです。その私の人生の地図の大きな切れ端を持っているのが母です。母は、その地図を私の前に差し出して、道を指し示してくれているようにさえ感じます。

言葉を発することのない認知症の母の周りには、「言葉のようなもの」「言葉ではないもの」「意味を持たない言葉」が石ころのように転がっています。その石ころを、けっ飛ばしたり、手に取ってまじまじと見つめてみたり、どこか遠くへ投げ捨てたりしながら、母と暮らしてきました。母は、私の前に存在するだけで、私に多くのことを教えてくれます。認知症で言葉を失ってからのほうが、私にさまざまなことを伝えてくれるようになったとも思えます。

また、母の手を握っていると、「手のぬくみ」が母に伝わっていくのが分かります。

母の「手のぬくみ」が私に伝わってくるのも分かります。言葉を超えて伝わっていくものがあり、伝えられるものがあるのです。母は、そこにいるだけで、「人は存在するだけでも十分価値がある」ということを教えてくれています。ですから、こんな私でも生き続けるだけで、何か知らぬうちに誰かのためになるときがあるのかもしれないと思うのです。

病室で母と二人、ただ静けさの中にいるときがあります。私が母の手を握り、その手をさすりながら、言葉を超え、意味を超えて、その静けさに耳を澄ますと、どっちが私でどっちが母か分からなくなる瞬間があります。時には、私は父なんじゃないかと思えるときがありますし、この人はいったい誰なんだろうと、母を見て思ったりするときもあります。そして、終《しま》いにはどっちでもいいやと思ってしまいます。母の命を支えているのは私だけれども、私の精神を支えてくれて、私を人間らしく育ててくれているのはこの母なのです。私も母も、お互いを支え、お互いに支えられているのですから、どっちでもいいやと、その静けさの中にいると思えてくるのです。声を発さない、言葉を持たない母の心の底深くにある静けさから伝わってくるものがあります。それは、海を見ていて何か生きる力をもらったときのような、空を見上げて優しさに包まれたときのような気持ちです。そして、母の中にあるその静かな場所は、この私の中にもあり、それもまた母から生まれたものなのです。

私は、今回対談をさせていただいた谷川俊太郎さんに憧れて詩を書いてきました。十九歳の夏、図書館で谷川さんの詩集『日々の地図』［集英社、1982］を手に取ってから、ずっとその後ろ姿を追いかけ、この詩集に導かれるように詩を書き続けてきました。細々ではありますが、本を出せるようになった今でも、原稿を書き上げると、『日々の地図』を必ず読み返しては、自分が初心を忘れていないか確かめます。

この詩集の中に「道」という詩があります。

こんぐらがった道です
もうほどけないもつれた毛糸
迷路にだってひとつは出口があるのに
頭の上の青空ばかりひろびろして

若い頃、この詩を読んだとき、もつれた毛糸のような「こんぐらがった道」には入り込むまいと、一種の恐れを感じました。今振り返ると、私の人生は「こんぐらがった道」そのものでした。もうほどけないほどこんぐらがっています。しかし、こんぐらがっている道は、真っ直ぐな道に比べて道のりが長く、学ぶことも多くあります。認知症の母のこと一つとっても、上ったり下ったり、右へ行ったり左へ行ったり、受け入れたり拒んだりして歩いていると、次第に足腰が鍛えられるのです。そして、そのこんぐらがった道が愛おしくさえ思えてきます。

また、谷川さんの『生きる』［ナナロク社、2008］という詩集には、次のような一節があります。

生きているということ
いま生きているということ
鳥ははばたくということ
海はとどろくということ
かたつむりははうということ
人は愛するということ
あなたの手のぬくみ
いのちということ

私は鳥ではないのに、はばたこうと無理してきたことがありました。私は海にはなれないのに、とどろく海を見て、その偉大さをまねたときもありました。私はかたつむりでもないのに、はいつくばって生きていたこともありました。そして、今母の手を握り、「手のぬくみ」を感じることで、「愛するということ」が分かりかけてきたような気がします。病床の母の横に座り、これまで母からもらった愛について考えるようになりました。

母が認知症という病気にならなかったら、こんなに母と手をつなぐこともなかったでしょうし、母のことを思いやることもなかったと思います。もちろん、母の詩を書くこともなかっただろうと思います。母の世話をし、母の痛みを感じ、母がつらくないようにと一日一日暮らしていくうちに、「人が人のために生きること」を母に教えられてきました。母は、認知症という病気を通して、私を育て、私と親子の絆を結び直してくれたのです。今、私は自分の道をはっきりと意識し、生きる希望を抱いています。また、母の命を全うさせ、母の命をしっかりと引き継いでいこうと強く思っています。

最後に、この詩集に携わってくださったすべての方に、心から感謝を述べたいと思います。谷川俊太郎さん、あなたと対談をし、言葉を交わすことで、詩を書き続けることへの確信と生きる希望をもらいました。素敵なイラストを添えてくださった松尾たいこさん、あなたの絵は、私の幼い頃の遠い母との記憶を刺激し続けています。カメラマンの清水知恵子さん、あなたの撮ってくださった谷川さんとの写真は一生の宝物です。そして、中央法規出版の尾崎純郎さん、私の詩を一つ一つ大切に編集し、素晴らしい出会いの場をいくつも作ってくださいました。みなさん、本当にありがとうございました。

あとがき

きっとそこに残っている風景

松尾たいこ

知っていることが言葉や文字にならなくなって、覚えていたことをたくさん忘れてしまって、家族やお友だちや大切な人が知らない人になってしまって、今まであたりまえにできたことができなくなっていくって、どんな気持ちなのかな。最初に自分の病気に気づいたとき、お母さんは何を思ったのかな。

藤川さんの詩には、認知症のお母さんに対するいらだちや怒りなど、ストレートで飾らない思いや言葉がたくさん出てきます。そして、そんな自分に反省したり、お母さんに感謝したり、自分の考えが変わっていったりする様子も書かれています。

お父さんが介護をしていたころのことも書かれています。そこからは、お父さんのやさしく根気強い関わりや日常の過ごし方が伝わってきます。

私には介護の経験がありません。ですから、この本に書かれた内容だけで、経験のない私がすべてを知ったり理解できたりするわけではないけれど、淡々と素直な言葉でつづられた詩からは、心にたくさん入ってくるものがあります。

この本にどんな絵をつけようかな。どんな絵がいいのかな。もう一度ゆっくりと、すべての詩を読んでいきました。

お母さんが何を思っていたのか、そして今何を思っているのかはわかりません。でも、息子のまなざしでお母さんや認知症に向き合った、やさしくって、時々悲しくって、ユーモラスな詩を読むと、さびしい絵は描きたくないと思いました。詩の中には病院のシーンが何度も出てくるけれど、違うものを描きたいと思いました。

お母さんは、認知症になってたくさんのことを忘れてしまって、そして今は寝たきりになられたけれど、心の奥深いところには、たくさんの思い出や見たもの、会った人たちのことがちゃんと残っているんだと思います。それは私の希望でもあるけれど。

だから、今は忘れてしまったけれど、たぶんそこにあっただろう懐かしい日常の世界を絵にしたいと思ったのです。この本におさめられた十枚の絵は、お母さんが暮らしてきた生活の風景と、息子と一緒に今見ている風景を想像しながら描きました。

藤川さんのお母さんが、「きれいな色ね」って思ったり、「かわいいわね」って笑ってくれたりするとうれしいなあと思って描いた絵もあります。

最初に、このお仕事のお話をいただいたとき、「介護関係の詩集」と聞いて、きれい事を並べたようなものだったらいやだなと思っていました。でも、まったく違っていました。たくさんのきれいな言葉ややさしい言葉よりも、短い言葉の中に本当のことや大切なことがあるのを知りました。

このお仕事をいただかなかったら、こんな気持ちや思いをもつことはきっとなかったと思います。この詩集との出会いをつくってくださった出版社の編集者の方にはとても感謝しています。

藤川さんのお母さんや同じ立場のたくさんの方たちが、私の絵を見てほほえんでくれたり感じたりしてくださったら何よりもうれしいです。

あとがき

ただ生きる

谷川俊太郎

立てなくなってはじめて学ぶ
立つことの複雑さ
立つことの不思議
重力のむごさ優しさ

支えられてはじめて気づく
一歩の重み　一歩の喜び
支えてくれる手のぬくみ
独りではないと知る安らぎ

ただ立っていること
ふるさとの星の上に
ただ歩くこと　陽をあびて
ただ生きること　今日を

ひとつのいのちであること

人とともに　鳥やけものとともに
草木とともに　星々とともに
息深く　息長く

ただいのちであることの
そのありがたさに　へりくだる

初出一覧

おむつ＊パソコン＊薬＊扉《とびら》（「萩の花びら」を改題）＊手帳
寝たきり＊私でなくても＊花見＊旨《うま》いものを食べると＊カステラ
『マザー』（ポプラ社、２０００）

約束＊祈る＊こんな所＊静かな長い夜＊母の日記＊時間
『ライスカレーと母と海』（ポプラ社、２００４）

パチンコ＊布切れ＊母の中の父＊あごあげ係＊母からの手紙＊そんなときがあった
「母の詩」（長崎新聞、２００６〜２００７）

母の眼差《まなざ》し＊私がここにいることを＊霊柩車《れいきゅうしゃ》＊母の声なき心を詩に＊さびしい言葉＊延命
絆《きずな》の結び直し＊領収書＊母の足をさすりながら＊臨終《りんじゅう》＊この手の長さ＊母の世界
今の今でも＊バス停のイス
未発表

藤川幸之助
Konosuke Fujikawa

詩人・児童文学作家。

1962年、熊本県生まれ。

小学校の教師を経て、詩作・文筆活動に専念。

認知症の母親に寄り添いながら、命や認知症を題材に作品をつくり続ける。

2000年に、認知症の母について綴った詩集
『マザー』(ポプラ社、2008年改題『手をつないで見上げた空は』)を出版。

現在、認知症の啓発などのため、全国各地で講演活動を行っている。

著書に、『ライスカレーと母と海』『君を失って、言葉が生まれた』(以上、ポプラ社)、

『こころインデックス』(教育出版センター)、『大好きだよ キヨちゃん。』(クリエイツかもがわ)、

『やわらかなまっすぐ』(PHP)、共著に『私、バリバリの認知症です』(クリエイツかもがわ)などがある。

長崎市在住。http://homepage2.nifty.com/kokoro-index/

松尾たいこ
Taiko Matsuo

アーティスト・イラストレーター。

広島県生まれ。

セツモードセミナーなどで絵を学んだ後、フリーのイラストレーターになる。

1998年、第16回ザ・チョイス年度賞鈴木成一賞受賞。

現在、絵本や装画を手がける他、広告、CDジャケット、ファッションブランド、
ミュージアムショップなどに作品を提供し、幅広い分野で活躍している。

主な作品(書籍)に、『空が高かったころ』(ポプラ社)、『ふりむく』(共著・江國香織、マガジンハウス)、

『Presents』(共著・角田光代、双葉社)、『あゆみ』(共著・しんやひろゆき、講談社)などがある。

東京都在住。http://www.taikomatsuo.com

谷川俊太郎
Shuntaro Tanikawa

詩人。

1931年、東京都生まれ。

1952年、「文学界」に詩を発表して注目を集め、同年、詩集『二十億光年の孤独』(創元社)でデビュー。

以後、詩作をはじめ、エッセイや歌詞、脚本、絵本など幅広く活動を展開する。

これまで出版した著作物は数えきれず、詩集では『日々の地図』『わらべうた』(以上、集英社)、

『世間知ラズ』(思潮社)、『女に』(マガジンハウス)などが、
絵本では、『もこもこもこ』(文研出版)、『おならうた』(絵本館)などが有名。

「月火水木金土日のうた」や「鉄腕アトム」の主題歌などの作詞家としても知られている。

翻訳も多数手がけ、『マザーグースのうた』(草思社)では日本翻訳文化賞を受賞。

東京都在住。

満月の夜、母を施設に置いて

2008年6月10日初版第1刷発行
2012年5月1日初版第6刷発行

詩＊
藤川幸之助

絵＊
松尾たいこ

対談＊
谷川俊太郎

発行者＊
荘村明彦

発行所＊
中央法規出版株式会社
〒151-0053東京都渋谷区代々木2・27・4
販売＊TEL03・3379・3861　FAX03・5358・3716　編集＊TEL03・3379・3784
http://www.chuohoki.co.jp

印刷・製本＊
株式会社シナノ

定価はカバーに表示してあります。落丁本・乱丁はお取り替えいたします。
ISBN978-4-8058-3019-2 C0036

本書に関するご意見・ご感想、著者への講演依頼などは、reader@chuohoki.co.jpあてにお願いいたします。